तमाशा न हुआ

तमाशा न हुआ

भानु भारती

वाणी प्रकाशन

वाणी प्रकाशन

4695, 21-ए, दरियागंज, नयी दिल्ली 110 002

शाखा

अशोक राजपथ, पटना 800 004

फ़ोन : +91 11 23273167 फ़ैक्स : +91 11 23275710

www.vaniprakashan.in
vaniprakashan@gmail.com
sales@vaniprakashan.in

TAMASHA NA HUA
by Bhanu Bharti

ISBN : 978-93-5229-450-3
Play

मूल्य : ₹ 95

हर्ष प्रिंटर्स, दिल्ली-110 093 में मुद्रित

वाणी प्रकाशन का लोगो मक़बूल फ़िदा हुसेन की कूची से

कवि-श्रेष्ठ कुँवर नारायणजी
के प्रति
स्नेह और सम्मान के साथ

दारोमदार दर्शक पर

पिछले पचास-साठ बरसों में हम कई चीजों के 'अन्त' की घोषणाएँ सुन चुके हैं : इतिहास, विचारधारा, उपन्यास, कहानी, थीयॅरी...सूची लम्बी है। *तमाशा न हुआ* पहली नज़र में 'नाटक के अन्त' की घोषणा करता जान पड़ता है; लेकिन *तमाशा न हुआ* रिहर्सलें, मंचीय प्रस्तुति, और अब नाट्य-पाठ देखने के बाद, बराबर यही लग रहा है कि 'नाटक अब भी सम्भावना है'! उक्त सूची में किसी का भी अब तक 'अन्त' नहीं हुआ है। ख़ास तौर पर उपन्यास की विधा और सिद्धान्त-प्रतिपादन (थीयॅरी) दुनिया भर में अच्छे-खासे ज़रखेज़ साबित हुए हैं; अन्त की घोषणाएँ माने उनके नये-नये अवतारों में अवतरण की—रूपान्तरण की—अचीन्ही प्रत्याशाएँ थीं।

लेकिन वे घोषणाएँ अकारण ही नहीं थीं। कोई भी रचना जब अपने ही स्वरूप को तार-तार करके जाँचने-परखने लगती है, तब स्पष्ट संकेत मिल जाता है कि दबाव और चुनौतियाँ बहुत ही बहुविध, सघन और तीव्र हो उठी हैं। दशकों या सदियों से प्रचलित और प्रतिष्ठित उनके स्वरूप को दोहराते जाने से अब बात नहीं बन रही। दशकों के कठिन (और अब सहज) अभ्यास से अर्जित कला-कौशल न सिर्फ़ पाठक-श्रोता-दर्शक को, बल्कि खुद रचनाकार को भी अपर्याप्त लगने लगा है। खुद को दोहराते जाते रचनाकार को वाहवाही भले ही मिलती रहे, लेकिन कला-रूपों के गुणग्राहकों की रुचि, ज़रूरत, प्रत्याशा इत्यादि इतनी अधिक बदल चुकी हैं कि...

मनुष्यों की तरह ही मुनष्य-निर्मित कला-साहित्य-रूपों का भी मानो एक जीवन-चक्र है। हर नयी पौध, हर नयी पीढ़ी मानो ककहरे से, ए सिरे से शुरू करती है...पिछली पीढ़ियों के अर्जन-सर्जन का बहुत कम उपयोग रह जाता है। पिछला दाय, प्राप्त संस्कार नये जीवन-चक्र की जरूरतों की पूरी-पूरी पूर्ति नहीं कर पाते। इसीलिए, हम विज्ञान और टेकनॉलॉजी में तो (किसी हद तक) निरन्तर और क्रमिक (कभी-कभी बेहद त्वरित) विकास की तर्क-सम्मत चर्चा कर सकते हैं; लेकिन 'मनुष्यता' के विकास की, नैतिक विकास की, या कि कला या साहित्य-रूपों के उत्तरोत्तर विकास की धारणा बनाना लगभग असम्भव पाते हैं।

जब कभी कविता स्वयं 'काव्य कला' पर, या कवि के अपने (आन्तरिक और प्रकट) व्यक्तित्व के विश्लेषण पर केन्द्रित होती है तो इसीलिए कि वह आगे कोई रास्ता खोज सके। चित्रकला के क्षेत्र में यह दसियों बार देखा गया है : रंग, रंग-संयोजन, रेखा और रेखांकन, आकृतिमूलकता और अरूपण-विरूपण के दर्जनों आन्दोलन यही रेखांकित करते जान पड़ते हैं—कृति (और कृतिकार) अपनी ज्ञात-परिचित-प्रतिष्ठित 'परिपूर्णता' से ऊब चुकी है; वह पुनः अपने रेशे-रेशे को उघाड़कर देखना चाहती है कि कमी कहाँ है? वह विरासत में मिले, हज़ारों साल पुराने तक, कला-रूपों में खोजती है वह 'कुछ' जो उसे 'अब' किसी नयी 'परिपूर्णता' का सुराग दे सके। संगीत, नृत्य, वास्तुशिल्प, मूर्तिकला...तमाम कलारूपों में, और विशेष रूप से पश्चिमी देशों में यह परिवर्तन-परावर्तन-अनुसंधान उनके इतिहास-वृत्तों में देखा जा सकता है।

□

तमाशा न हुआ विज्ञानों की तरह ही एक तरह के 'पैराडाइम शिफ्ट' का संकेत हो सकता है। आधारभूत रूपक—पैराडाइम—बदलते ही विज्ञान में क्रांतियाँ आती रही हैं। सरल तरीके से कहें तो (यन्त्र) भौतिकी और गणितीय आधार-रूपक की जगह जब जैविक आधार-रूपक आया तो विज्ञान के सिद्धान्तों में लगभग आमूल परिवर्तन दिखाई पड़ने लगे। होलिस्टिक मेडिसिन, डिजिटल मोड, स्मार्ट मटीरियल जैसी अवधारणाएँ और कार्यविधियाँ कुछेक अन्य उदाहरण हैं।

विधा के रूप में नाटक के चार खूँटे या खम्भे हमारे सामने रहते हैं : नाट्य-लेखक, निर्देशक, अभिनेता और दर्शक। यह चौखम्भा माया-महल इन चार आईनों से बना हुआ भी माना जा सकता है। हर एक आईना एक-दूसरे में अपने अक्स उकेरेते हुए, और इन तमाम प्रतिबिम्बों का समुच्चय, आपसी टकराव या मेल-मिलाप...

लेकिन जब नाट्यलेखक और निर्देशक एक ही हो तो यह माया-महल तिकोना हो जाएगा। और अगर लेखक, निर्देशक तथा अभिनेता, तीनों एक ही हों—

जिसके अनेक उदाहरण विभिन्न नाट्यरूपों में, मसलन मूक-अभिनय की एकल पात्र प्रस्तुतियों में, देखे जा सकते हैं; तब इस माया-महल के दो ही स्तम्भ या आईने रह जाते हैं। लेखक-निर्देशक-अभिनेता की एकीकृत त्रिमूर्ति रू-ब-रू होती है सिर्फ़ अपने दर्शक-रूपी आईने से।

तमाशा न हुआ में एक स्तर पर तीनों प्रथम खम्भे या आईने विघटन के

शिकार होते जान पड़ते हैं। मूल नाट्यलेखक रवीन्द्रनाथ ठाकुर, और उनका आलेख *मुक्तधारा* प्रस्तुति शरू हाने के बाद कुछ ही देर में, *तमाशा न हुआ* के लेखक भानु भारती के हाथों किसी और ही लेखन-धारा में बहने लगते हैं। स्वयं निर्देशक पर्दे के पीछे जहाँ कहीं हो—मंच पर वह अभिनेता के रूप में पेश होता है—और वह 'निर्देशक' नहीं रह पाता; वह भी पहले अभिनेता, और फिर शायद एक ग़ैर-अभिनेता, एक व्यक्ति मात्र हो जाता है। उसी तरह जैसे *मुक्तधारा* के लिए निर्दिष्ट अभिनेता, अपने-अपने 'नाटकीय चरित्रों' का चोला उतार कर, ग़ैर-अभिनेता, व्यक्ति-मात्र बन जाते हैं।

अभिनेता के रूप में इन सभी को *मुक्तधारा* के पात्रों में या चरित्रों में उतरना था, लेकिन थोड़ी ही देर में वे उन चरित्रों का चोग़ा या मुखौटा या कायांतरण छोड़ कर, ख़ुद अपनी-अपनी असल पहचान वाले सामान्य व्यक्ति हो जाते हैं।

क्या वे—निर्देशक—अभिनेता और अन्य अभिनेता—तब सामान्य दर्शक श्रोता हो जाते हैं? क्योंकि अब वे जिन मसलों पर बहस कर रहे हैं वे ऐसे मसले हैं जो आज दुनिया भर के 'दर्शकों' के मन को मथ रहे हैं—अलग-अलग रूपों में, अलग-अलग तीव्रता या आवेग से। तब, *तमाशा न हुआ* में लेखक, निर्देशक और अभिनेताओं ने या तो दर्शकों के रूप में अपना रूपान्तरण कर लिया है, या फिर अपना सारा दायित्व —नाटक प्रस्तुत करने का दायित्व—दर्शकों को सौंप दिया है। अब दर्शक ही, *तमाशा न हुआ* देखते हुए, और उसे देख चुकने के बाद, अपनी-अपनी तरह से नाटक 'लिखेगा', अपनी-अपनी तरह से उसे 'प्रस्तुत' करेगा, और अपनी-अपनी तरह से उसे समाहार या परिपूर्णता देगा।

तमाशा न हुआ शायद यह संकेत दे रहा है कि आइन्दा—यानी नाट्यकला में फिर किसी नये मोड़ के आने तक—कुछ भी पूर्व-निर्दिष्ट नहीं है : न आलेख, न निर्देशन, न अभिनय...!

क्या यह डिजिटल, इंटरऐक्टिव, वीडियो स्ट्रीमिंग का नाट्य-उत्तर है? दर्शक या उपभोक्ता 'कंटेण्ट' रच सकता है, आरम्भ या अन्त बदल सकता है, बग़ैरह...

□

तमाशा न हुआ इस तरह आगाह करता-सा दीखता है कि 'नाटक' नाम की विधा के सामने चुनौतियों और दबावों का विकराल अम्बार लगता जा रहा है। 'नाटक के अन्त' की घोषणा भले ही नहीं हुई हो, मीडिया की सुर्खियों में—जिन से अब आमतौर पर हमारे लिए 'ज़रूरी' तमाम सूचनाएँ ग्रहण की जा रही हैं—

पिछले बीसेक साल में किसी भी नाटक ने कहीं धूम नहीं मचाई है। न नोबेल जैसे पुरस्कारों से, न करोड़ों डॉलर वाली रॉयल्टी से, न अन्तहीन दर्शक-क़तारों से, न तोड़-फोड़-विरोध या समर्थन की रैलियों से!

नाटक के मुख्य दो ही आधार रहे हैं। मनोरंजन—जब नृत्य और संगीत कविता-गायन की तरह, बड़े पैमाने पर, सामूहिक-मनोरंजन का एक मुख्य कला-रूप था। और वैचारिक प्रचार-प्रसार-संवाद। अभी कुछ साल पहले तक नुक्कड़ नाटक इस दूसरे आधार के सूचक थे। क्या यह सोचना या कहना सही होगा कि सोशल मीडिया ने, नाटक के इस दूसरे आधार को अपना लिया या हथिया लिया है? रेडियो, सिनेमा, टेलीविज़न और अब मोबाइल-वीडियो-स्ट्रीमिंग जैसे माध्यम उत्तरोत्तर नाटक की ज़मीन छीनते रहे हैं। टेलीविज़न और अब मोबाइल के कारण, सामूहिक निरा व्यक्तिगत होता चला गया है। गनीमत शायद यह रहे कि ऐसा एकल-एकाकी दर्शक निरा निष्क्रिय-ग्रहणकर्ता नहीं होगा, अपनी तरफ़ से भी कुछ 'रच' सकेगा!

□

लेकिन नित नये माध्यमों के ज़रिये विविध नाट्यरूपों का एकाकी दर्शन-प्रदर्शन अभी 'मनोरंजन' के अहाते में ही है। और चूँकि इन माध्यमों की पहुँच किसी भी मंचीय प्रदर्शन की तुलना में हज़ारों या लाखों गुना बड़ी है, इसलिए सभी संसाधन इन नये माध्यमों का पालन-पोषण करने में लगे हैं। मंचीय नाटकों के लिए फ़ंडिंग नहीं के बराबर है। कुछेक कार्पोरेट घरानों ने नाटक समारोह ज़रूर शुरू किए थे, वे कब तक चलेंगे? और उनके चलने का आधार कुछ और ही होगा—'मासेज़' से, भीड़ से, लोकतांत्रिक जमघट से हटकर, अपनी सम्भ्रान्त रुचि रेखांकित करने के लिए, एक अलग उच्चतर-सम्भ्रान्त पहचान बनाये रखने के लिए एक कलारूप (नाटक) का संवर्धन। वैसे ही जैसे आम उपभोक्ता के जूते, घड़ी, कार, मोबाइल, चादर-तकिये से अलग, हज़ारों-लाखों बल्कि करोड़ों की कीमत वाली इन्हीं चीज़ों के श्रेष्ठतर-सम्भ्रान्त अवतारों का पोषण किया जा रहा है। कहते हैं कि जब मोज़े-जुराबें आम लोग पहनने लगे, तब सम्भ्रान्त जनों ने एक के ऊपर एक, यानी दो-दो मोज़े पहनना शुरू कर दिया था, ताकि उनकी अलग पहचान क़ायम रहे!

□

नाचनी, चंद्रमासिंह उर्फ़ चमकू, कथा कही एक जले पेड़ ने जैसे कुछेक

अद्वितीय नाटकों के रचनाकार भानु भारती ने अपने कुछेक आलेखों और वक्तव्यों में नाटककार, निर्देशक, अभिनेता के बारे में अपने विचार रखे हैं। *तमाशा न हुआ* के आलोक में उन पर निगाह डालने के कई दिलचस्प नतीजे निकलेंगे। उदाहरण के लिए, नाटककार के लिखे आलेख में परिवर्तन का अधिकार निर्देशक को है। पश्चिम से आयी निर्देशक की यह अवधारणा—उसकी केन्द्रीय भूमिका—उन्हें ठीक जँचती थी। भारतीय नाट्यशास्त्र का सूत्रधार निर्देशक नहीं होता था—और निर्देशक की भूमिका के केन्द्रीय होते ही, नाटक अब सिर्फ़ अभिनेताओं का कार्यव्यापार नहीं रहा। अभिनेता का अच्छा-ख़ासा महत्त्व तो है, मगर उस क़दर नहीं जितना कि मूल रूप में था।

लेकिन तमाशा न हुआ में, जैसा कि ऊपर आभासित हुआ होगा, अभिनेता एकाएक केन्द्र में आ जाते हैं—और फिर दर्शकों में एक तरह से विलीन-से हो जाते हैं। निर्देशक-अभिनेता कुछ देर निर्देशक, कुछ देर सूत्रधार, और फिर अभिनेता भर रह जाता है—दर्शकों में विलीन होने के लिए। आलेख में कतर-ब्योंत, संवर्धन-सम्पादन भी दर्शकों के ज़िम्मे!

यह दर्शक भी कुछ नयी क़िस्म का है : ग्रीक ट्रैजिडी की तरह उसका आत्म-प्रच्छालन, 'कैथार्सिस' नहीं होता; वह महान नायकों के उत्थान-पतन से भरे जीवन से तादात्म्य स्थापित नहीं करता। न ही वह एलियनेशन-इफ़ेक्ट (बेर्टोल्ट ब्रेख्ट) के सूत्र पर चलता है; जहाँ मंच पर जो हो रहा है उससे विलग रहते हुए, वह 'तमाशा-ए-अहले करम' देखे। ग़ालिब के बक़ौल, वह मंच पर होने वाले दृश्यांकन को 'बाज़ीच ए इत्फ़ाल'—बच्चों का खेल—नहीं मानता, जहाँ 'होता है सुबूहो-शाम तमाशा मेरे आगे। *तमाशा न हुआ* की चेष्टा शायद यह है कि मंच पर जो हो रहा है, उसे देखते हुए और देखने के बाद दर्शक खुद अपने आपको, अपने मन-मस्तिष्क को टटोलने लगे। टैगोर और गाँधी के बीच, या समाजवादी चिन्तन और उपभोक्ता-संस्कृति के बीच, या ऐसी तमाम विचारधाराओं के बीच जो भी बहस-तलब मुद्दे हैं, उन्हें स्वयं अपने जीवन में झाँक कर देखें। क्या वह संन्यास लेकर हिमालय चला जाए, या सट्टा बाज़ार में नित-नवीन उपभोक्ता सामग्री में निमग्न रहे? दर्शक के मन-मस्तिष्क में इस तरह के ऊहापोह के असंख्य चरण हो सकते हैं। दर्शक जितना ही चिन्तनशील, संवेदनशील, प्रबुद्ध होगा, उतना ही उसके भीतर बहस का स्तर, और बहस का दायरा बढ़ता जाएगा। शास्त्रीय बहसों से लेकर निजी अस्तित्व पर मँडराते प्रश्नों की लड़ी तक यह एक अनूठी लड़ाई होगी। मंच पर देखे-सुने दृश्य या संवाद तब शायद याद रखने लायक भी न लगें...

तमाशा न हुआ में विभिन्न अभिनेता भले ही अलग-अलग मत ला कर आपस में भिड़ रहे हों, लेकिन ये अभिनेता या पात्र 'प्रोटोटाइप' नहीं हैं। सच पूछिये तो उनकी अपनी कोई अलग, निर्दिष्ट पहचान भी नहीं है। नाटक देख चुकने पर यह याद करना मुश्किल होगा कि अन्धराष्ट्रवाद के ख़िलाफ़ टैगोर और गाँधी का पक्षधर कौन था; कौन था जो पड़ोसी देशों के प्रति सद्भाव को अपने घर में चिराग़ बुझाने जैसा मानता था। यह अनिर्दिष्ट पहचान हम में से हरेक के मन-मस्तिष्क में उठते, निहायत घालमेल वाले ज्वार-भाटे की प्रतिच्छाया मात्र जान पड़ेगी। यहाँ अभिनेताओं के पक्ष-पोषण या प्रतिवाद में विचार, आकांक्षा, भावना, आदिम मानोवेग और पूर्वग्रह वग़ैरह सब जैसे गुत्थम-गुत्थ हैं। मंच पर बहस निरी तार्किक या विचारधारात्मक नहीं है–सिवाय इसके कि अब तक प्राप्त विचारधाराओं, व्यवस्थाओं, मूल्य-पद्धतियों, आदर्श की मालाओं बग़ैरह से आज का मनुष्य समुचित समाधान या दिशा या रास्ता नहीं खोज पा रहा है।

तब क्या कुछ विचारों को मर जाना होगा, तभी नयी राहें, आगे का रास्ता खुलेगा? या इनकी कोई नयी खिचड़ी पकाने से काम बन जाएगा? ज़ाहिर है कि नाटक कोई शोध-प्रबन्ध नहीं है जहाँ तमाम विचारों की छँटाई की जा सके, तमाम बारीकियों को बयान किया जा सके–हालाँकि ऐसा सम्पूर्ण शोधप्रबन्ध कोई हो सकता है या नहीं, यह प्रश्न भी ध्यान में आता है। चर्चित विचारों या विचारधाराओं में 'गाँधीवाद' ही एकमात्र अपवाद है–उसे आज तक, कहीं भी, समुचित मात्रा में अमल में नहीं लाया गया है। उसकी सार्थकता या निरर्थकता पर बहस, आज भी सिर्फ़ बहस के ही स्तर पर है।

लेकिन गाँधीवाद-सम्बन्धी टिप्पणी भी एक दर्शक-पाठक के तौर पर ही यहाँ है। नाटक खुद हमें स्वतन्त्र छोड़े हुए है कि हम पर्यावरण, राष्ट्रीय राग-द्वेष, व्यक्तिगत स्वातन्त्र्य और सामूहिक समतापूर्ण जन-उत्थान, विस्थापन, धार्मिक और अन्य सत्तामूलक अनाचार-प्रपंच-अत्याचार, भाषाई-विरूपण, निजी जीवन में मन-वचन-कर्म के बीच चौड़ी खाइयों से कैसे पार पाएँ।

ग़ालिब का पूरा शेर यों है :

थी ख़बर गर्म कि ग़ालिब के उड़ेंगे पुर्ज़े,
देखने हम भी गये थे पै तमाशा न हुआ।

पुर्ज़े ग़ालिब के उड़े हों या नहीं, स्थापित सत्यों के कल-पुर्ज़े इस नाटक ने ढीले कर दिए हैं।

–गिरधर राठी

(उत्तरकूट का पर्वतीय प्रदेश। भैरव-मन्दिर को जाने वाला पथ। दूर आकाश में एक अभ्रभेदी लौह-यन्त्र का सिरा दिखाई दे रहा है और उसके दूसरी ओर भैरव-मन्दिर की चोटी का त्रिशूल। पथ के किनारे की अमराई में राजा रणजीत का शिविर। आज अमावस्या है, भैरव-मन्दिर में आरती होगी, राजा वहाँ पैदल जायेंगे, अभी राह पर शिविर में विश्राम कर रहे हैं। उनके सभासद् यन्त्रराज विभूति ने अनेक वर्षों के प्रयत्न से लौह-यन्त्र का बाँध खड़ा करके मुक्तधारा के झरने को बाँध लिया है। इस असाधारण कौशल को पुरस्कृत करने के लिए उत्तरकूट के समस्त जन भैरव-मन्दिर के प्रांगण में उत्सव मनाने जा रहे हैं। भैरव-मन्त्र में दीक्षित संन्यासी दल स्तव-गान करता हुआ दिन-भर घूमता रहा है। उनमें से किसी के हाथ में धूपदान है, जिसमें धूप जल रही है, किसी के हाथ में शंख है, किसी के घंटा। गीत के बीच-बीच में ताल देता हुआ घंटा बज रहा है।)

गान-1

जय भैरव! जय शंकर!
जय जय जय प्रलयंकर
शंकर शंकर!
जय संशयभेदन
जय बन्धनछेदन
जय संकट-संहर
शंकर शंकर!

(संन्यासी-दल का गाते हुए प्रस्थान)

(पूजा का नैवेद्य लिये हुए एक परदेशी पथिक का प्रवेश। वह उत्तरकूट के नागरिक से प्रश्न करता है।)

पथिक : आसमान में यह क्या बनाकर खड़ा कर दिया है? देखकर डर लगता है।

नागरिक : अरे, तुम नहीं जानते? परदेसी हो शायद? यह यन्त्र है।

पथिक : यन्त्र? कैसा यन्त्र?

नागरिक : हमारे यन्त्रराज विभूति लगातार पच्चीस वर्ष से इसे तैयार कर रहे थे। अभी हाल ही में तो पूरा हुआ है। इसीलिए आज उत्सव हो रहा है।

पथिक : यह यन्त्र है किसलिए?

नागरिक : मुक्तधारा झरने को बाँधने के लिए।

पथिक : बाप रे! ऐसा लगता है जैसे किसी राक्षस की खोपड़ी हो। मांस नदारद, ख़ाली जबड़ा लटक रहा है। तुम्हारे उत्तरकूट के सिरहाने कैसा मुँह फाड़े खड़ा है। रात-दिन इसे देखते-देखते तुम्हारे तो प्राण सूख जायेंगे।

नागरिक : घबराओ मत, हमारे प्राणों में काफ़ी दम है।

पथिक : हो सकता है, पर यह इस तरह चाँद-सूरज के सामने उघाड़कर रखने की चीज़ थोड़े ही है। ढका रहता तो अच्छा होता। देखो न, मानो रात-दिन सारे आसमान को भड़का रहा हो। मैं हर साल भैरव की आरती के लिए आता हूँ, लेकिन मन्दिर के ऊपर आसमान में ऐसी आफ़त पहले कभी नहीं देखी। आज अचानक इस पर नज़र पड़ते ही मैं तो सिहर उठा। इसने तो मन्दिर की चोटी को भी पछाड़ दिया है, मानो उसे चुनौती दे रहा हो। मन तो नहीं करता, पर चलूँ नैवेद्य चढ़ा आऊँ।

(प्रस्थान)

(एक स्त्री का प्रवेश। सिर पर एक सफ़ेद चादर है जो उसके सारे अंगों से लिपटती हुई ज़मीन पर लोट रही है।)

स्त्री : सुमन! बेटा सुमन! (नागरिक से) भैया, तुम सब तो लौट आये, पर मेरा सुमन तो अभी तक नहीं लौटा।

नागरिक : कौन हो तुम?

स्त्री : मैं हूँ जनाई गाँव की अम्बा। हाय, मेरी आँखों का तारा, मेरी साँसों का सहारा, मेरा सुमन!

नागरिक : उसे क्या हुआ, बेटी!

अम्बा : न जाने कहाँ ले गये हैं उसे। मैं भैरव-मन्दिर में पूजन करने गयी थी। लौटी तो देखा, उसे ले गये हैं।

नागरिक : तब तो उसे मुक्तधारा का बाँध बाँधने के लिए ले गये होंगे।

अम्बा : सुना है, उसे इसी राह से ले गये हैं, उधर, गौरीशिखर के पश्चिम में—वहाँ मेरी नज़र नहीं जाती, आगे का रास्ता ही दिखाई नहीं पड़ता।

नागरिक : तो रोने से क्या होगा? हम लोग भैरव-मन्दिर की

आरती देखने जा रहे हैं। आज हमारा बड़ा दिन है। तुम भी चलो!

अम्बा : नहीं भैया, उस दिन भी तो भैरव की आरती में ही गयी थी। तभी से मुझे पूजन को जाते डर लगता है। देखो, एक बात बताऊँ तुम्हें, हमारी पूजा भैरव बाबा तक नहीं पहुँच पाती–कोई बीच में ही छीन लेता है।

नागरिक : कौन छीन लेता है?

अम्बा : वही जो मेरी गोद से सुमन को ले गया। वह कौन है यह तो अभी नहीं जान पायी! सुमन! बेटा सुमन! मेरे लाल!!

(दोनों का प्रस्थान)

(उत्तरकूट के युवराज अभिजित ने यन्त्रराज विभूति के पास दूत भेजा है। मन्दिर की ओर जाते हुए विभूति से दूत का साक्षात्कार।)

दूत : यन्त्रराज विभूति, मुझे युवराज ने भेजा है।

(विभूति का चरित्र निभाने वाला एक्टर खामोश खड़ा है)

दूत : (पुनः) यन्त्रराज विभूति मुझे युवराज ने भेजा है।

(डायरेक्टर)

डायरेक्टर : क्या हुआ तुम्हें? तुम यन्त्र नहीं, यन्त्रराज हो। ऐसे जड़ीभूत क्यों खड़े रह गये?

अभिनेता : (मज़ाक़ उड़ाते हुए) यन्त्र...यन्त्रराज...जड़ीभूत... वाह...क्या मैं जान सकता हूँ कि हम किस युग में हैं और कौन-सी भाषा बोल रहे हैं।

डायरेक्टर : यार तेरी यही प्रोब्लम है। हर बात में बहस करता है।

अभिनेता : प्रोब्लम...बहस...गुड, दिस आई अण्डरस्टैंड, बहस और प्रोब्लम थियेटर के जरूरी हिस्से हैं।

डायरेक्टर : हैं, ज़रूर हैं! और ये दोनों चीज़ें इस नाटक में भी हैं।

प्रोब्लम और बहस। व्यक्ति की स्वतन्त्रता की बहस, समाज की यान्त्रिकता से उसकी मुक्ति की प्रोब्लम।

अभिनेता-1 : ज़रूर होगी, मगर वो पल्ले भी तो पड़े।

डायरेक्टर : क्या पल्ले नहीं पड़ रहा तेरे? वो कह रहा है "मुझे युवराज ने भेजा है," और तुझे पूछना है "क्या आदेश है उनका?" इसमें क्या पल्ले नहीं पड़ता।

अभिनेता-1 : कुछ भी! कुछ भी पल्ले नहीं पड़ता। पहले तो यन्त्रराज ने बनाया क्या है यही साफ़ नहीं होता। (मज़ाक उड़ाते हुए)

"ऐसा लगता है जैसे किसी राक्षस की खोपड़ी हो। मांस नदारद, ख़ाली जबड़ा लटक रहा है। तुम्हारे उत्तरकूट के सिरहाने कैसा मुँह फाड़े खड़ा है। इसे देखते-देखते तुम्हारे प्राण सूख जायेंगे।" क्या है ये? कौन-सा यन्त्र है ये, जो आसमान में राक्षस की खोपड़ी जैसा दिखता है। बाँध! बाँध का ये लाजवाब डिस्क्रिप्शन मेरे तो पल्ले नहीं पड़ता।"

अभिनेता-2 : यस ही हैज़ ए प्वाइंट। अगर मेरी हिन्दी ठीक-ठाक है तो यन्त्र का मतलब होता है मशीन और बाँध मशीन नहीं होता। और न ही वो "दूर आकाश में एक अभ्रभेदी लौहयन्त्र-सा दिखाई देता है।"

डायरेक्टर : तुम साले पढ़े-लिखे अनपढ़ों की यही प्रोब्लम है। किसी चीज़ का कोई शऊर है तुम्हें? कविता कहीं छू कर गुज़री है तुम्हें? अपने आपको अभिनेता कहते हैं! टैगोर एक फ़िलोसौफ़िकल स्टेटमेंट देना चाह रहे हैं। यान्त्रिकता के खिलाफ। और ये अभ्रभेदी लौहयन्त्र एक काव्यात्मक प्रतीक है। और 'मुक्तधारा' भी। रियलिस्टिक नाटकों ने तुम्हारी बुद्धि कुन्द कर दी है। और हाँ, रियलिज़्म भी एक तरह की यान्त्रिकता ही है। इसलिए, टैगोर के नाटकों का शिल्प रियलिस्टिक नहीं है।

अभिनेता-2 : फिर, फिर तुमने वही बात की? मैं साहित्य का विद्यार्थी हूँ, काव्य का भी एक वस्तुपरक आधार होता है, आई मीन...

अभिनेता-3 : बन्द करो यार ये चुतियापे की बहस।

अभिनेता-4 : साले कर धर कुछ नहीं रहे ज्ञान पाद रहे हैं।

अभिनेता-6 : एक कविता चटा रहा है, दूसरा साहित्य का चूना मसल रहा है।

अभिनेता-1 : देखो यार मैं शुरू से कह रहा हूँ कि नाटक ऐसा करो जिसका सिर-पैर दर्शकों की समझ में आये।

डायरेक्टर : 'मुक्तधारा' नाटक आज भी प्रासंगिक है, तुम्हें समझ में आ जायेगा तो दर्शकों को भी आयेगा। मुश्किल तुम्हारी है, दर्शकों की नहीं।

अभिनेता-2 : वैसे टैगोर की प्रासंगिकता को नकारा नहीं जा सकता, और...

अभिनेता-3 : और खास कर, जब उन्हें खेलने के लिए बड़ी ग्रांट मिल रही हो!

डायरेक्टर : बकवास बन्द करो, ग्रांट इसलिए है कि टैगोर के कोई मायने हैं। भारत में नवजागरण का आह्वान करने वालों में रहे हैं टैगोर। हमारी मुश्किल यह है कि रोड शो करके मंजन बेचने से हमें परहेज़ नहीं है, लेकिन कुछ भी सार्थक और मूल्यवान हमारी बुद्धि में नहीं अँटता, उससे हमें अपच हो जाता है। छोड़ो, नहीं करना मुझे नाटक। ग्रांट वापस कर देंगे।

अभिनेता-4 : अमां यार आप तुनकते बहौत हो (अभिनेता-1 को कोने में ले जाकर)

क्या गुरु, क्यों आती लक्ष्मी को लात मार रहे हो? पहली बार नाटक से कुछ मिलने का सतूना बना है। (बाक़ी अभिनेताओं से) चलो भाई चलो। रिहर्सल शुरू करो।

अभिनेता-2 : "जय भैरव, जय शंकर।
जय संशय भेदन" (अभिनेता-1 से), संशय त्यागो पार्थ और कर्म करो! (सब हँसते हैं) (दूत का पात्र करने वाले अभिनेता से) हाँ, चल शुरू कर।

दूत : यन्त्रराज विभूति, मुझे युवराज ने भेजा है।

विभूति : क्या आदेश है उनका?

दूत : इतने दिन से तुम हमारे मुक्तधारा के झरने पर बाँध बाँधने में लगे थे। न जाने कितनी बार टूटा, न जाने कितने लोग रेत-मिट्टी में दब गये, कितने बाढ़ में बह गये। आख़िर आज...

विभूति : उनका प्राण-दान व्यर्थ नहीं गया। मेरा बाँध बन चुका है।

दूत : शिवतराई की प्रजा को अभी यह बात नहीं मालूम। वह सोच ही नहीं सकती कि जो पानी उन्हें विधाता ने दिया है वह किसी मनुष्य के कारण बन्द भी हो सकता है।

विभूति : विधाता ने उसे तो केवल पानी दिया है, मुझे दी है पानी को बाँधने की शक्ति।

दूत : वहाँ के लोग निश्चिन्त हैं। वे नहीं जानते कि हफ़्ते-भर बाद ही उनके खेत...

विभूति : खेतों की क्या चलाई?

दूत : क्यों, उनके खेतों को सुखा डालना ही क्या तुम्हारे बाँध बाँधने का उद्‌देश्य न था?

विभूति : मेरा उद्देश्य तो यह था कि मिट्टी-पत्थर-पानी का षड्यन्त्र भेदकर मानव-बुद्धि विजयिनी हो। किस किसान का कौन-सा भुट्टे का खेत सूख जायेगा, यह सोचने का समय कहाँ था?

दूत : युवराज ने पूछा है, क्या अब भी सोचने का समय नहीं हुआ?

विभूति : नहीं। मैं तो यन्त्र-शक्ति की महिमा की बात सोच रहा हूँ।

दूत : क्षुधितों का क्रन्दन क्या तुम्हारा ध्यान भंग न कर देगा?

विभूति : नहीं। मेरा बाँध जल के वेग से नहीं टूटता, मेरा यन्त्र क्रन्दन के बल से नहीं डिगता।

दूत : तुम्हें अभिशाप का डर नहीं लगता?

विभूति : अभिशाप! सुनो, जब उत्तरकूट में मज़दूर नहीं मिल रहे थे तब हमने राजाज्ञा से चण्डपत्तन के हर घर से अठारह साल के ऊपर की आयु के लड़के बुलवा लिये थे। उनमें से तो बहुत-से नहीं लौटे। मेरा यन्त्र न जाने वहाँ की कितनी माताओं के अभिशाप पर विजय पा चुका है। जो दैव-शक्ति से जूझ रहा हो, वह भला मनुष्य के अभिशाप को क्या गिनेगा?

दूत : युवराज ने कहा है, कीर्ति-निर्माण करने का गौरव तो तुम पा ही चुके। अपनी कीर्ति को अपने हाथों मिटाने का गौरव उससे भी बड़ा होता है। अब वह भी प्राप्त करो।

विभूति : जब तक कीर्ति का निर्माण नहीं हुआ था, तब तक वह मेरी थी। अब तो वह सारे उत्तरकूट की है। उसे नष्ट करने का अब मुझे कोई अधिकार नहीं।

दूत : युवराज ने कहा है, नष्ट करने का अधिकार वह स्वयं ले लेंगे।

विभूति : स्वयं उत्तरकूट के युवराज ने ऐसी बात कही? वे क्या हमारे नहीं? वे क्या शिवतराई के हैं?

दूत : वे कहते हैं, इस बात का प्रमाण देना ज़रूरी है कि उत्तरकूट में केवल यन्त्र का राज्य नहीं है, वहाँ देवता भी बसते हैं।

विभूति : मुझ पर तो इस बात का प्रमाण देने की ज़िम्मेदारी है कि यन्त्र के बल पर हम स्वयं देव-पद प्राप्त कर सकते हैं। युवराज से कहना, मैंने ऐसा कोई रास्ता नहीं छोड़ा जो मेरे इस बाँध-यन्त्र की मुट्ठी को जरा भी ढीला कर सके।

दूत : नाश के देवता हमेशा बड़े रास्ते से नहीं आते-जाते। उनके लिए जो ढेरों छिद्र-पथ होते हैं उन पर किसी की नज़र भी नहीं पड़ती।

विभूति : (चौंककर) छिद्र? कैसा छिद्र? छिद्र के बारे में तुम क्या जानते हो?

दूत : मैं क्या जानूँ! जिन्हें जानना हो वे जानें।

(दूत का प्रस्थान)

(उत्तरकूट के नागरिक उत्सव मनाने मन्दिर जा रहे हैं। विभूति को देखकर)

पहला नागरिक : वाह यन्त्रराज, तुम भी खूब हो! कब चकमा देकर आगे निकल आये, पता ही न चला।

दूसरा नागरिक : यह तो इसकी हमेशा की आदत है। गुपचुप-गुपचुप आगे बढ़ता यह कब सबको पीछे छोड़ जाता है, पता ही नहीं चलता। अपने चबुआ गाँव का वह घुटमुण्डा छोकरा ही तो है यह विभूति। कैलास गुरु एक साथ हम सबके कान मला करते थे। न जाने कब इसने हमें पीछे छोड़कर इतना बड़ा काण्ड कर डाला।

तीसरा नागरिक : अरे गबरू, डलिया लिये हुए इस तरह मुँह फाड़े क्यों खड़ा है? विभूति को और कभी नहीं देखा क्या? ला, मालाएँ निकाल, पहना दूँ।

विभूति : बस, बस, रहने दो।

तीसरा नागरिक : वाह, रहने क्यों दें? तुम जिस तरह अचानक बड़े हो गये हो, उसी तरह अगर तुम्हारी गर्दन भी अचानक ऊँट की तरह बड़ी हो जाती, और उत्तरकूट के सारे लोग मिलकर तुम्हारा गला मालाओं से लाद देते—तो तुम जँच जाते।

दूसरा नागरिक : भई, हरीश नगाड़िया अभी तक नहीं आया।

पहला नागरिक : बेटा काहिलों का उस्ताद है—उसकी पीठ की चमड़ी पर नगाड़े की सण्टी पड़े तो शायद...

तीसरा नागरिक : फ़ालतू बात है, सण्टी लगाने में उसके हाथ हम लोगों से ज्यादा मज़बूत हैं।

चौथा नागरिक : मैंने सोचा था कि बिशाई सामन्त का रथ माँगकर आज विभूति दादा की रथयात्रा करायेंगे। पर सुना है, आज तो राजा भी पैदल ही मन्दिर में जाने वाले हैं।

पहला नागरिक : अच्छा ही हुआ। सामन्त का रथ तो बस पूरा दशरथ समझो।

तीसरा नागरिक : हाः हाः हाः! दशरथ? अपना लम्बू कभी-कभी ऐसी बढ़िया बात कहता है कि बस। दशरथ!

पहला नागरिक : तो यों ही कहता हूँ क्या! बेटे के ब्याह में वही रथ मँगाया था। चढ़ा तो कम होऊँगा, खींचना बहुत पड़ा।

चौथा नागरिक : विभूति दादा को कन्धों पर उठाकर ले चलें।

विभूति : अरे! अरे! क्या करते हो, क्या करते हो!

पहला नागरिक : वाह, वाह, ठीक तो है। उत्तरकूट की गोद में तुम्हारा जन्म हुआ है, पर आज तुम उसकी गर्दन पर चढ़ बैठे हो। तुम्हारा सिर सबके ऊपर निकल गया है।

(कन्धों पर लाठियाँ सजाकर उन पर विभूति को उठा लेते हैं।)

सब : जय, यन्त्रराज विभूति की जय!

गान-2

नमो यन्त्र, नमो यन्त्र, नमो यन्त्र।
तुम चक्रमुखर मन्द्रित, तुम वज्र वह्नि-वन्दित
तव वस्तुविश्ववक्षोदंश ध्वंसविकट दन्त।
तब दीप्त-अग्नि-शतशतघ्नी-विघ्न-विजय पन्थ।
तब लौहगलन शैलदलन अचल-चलन मन्त्र।

अभिनेता-4 : अबे उतर, गर्दन पे सवार सवारी गाँठ रहा है।

(नीचे पटक देता है)

विभूति : अरे यह क्या तरीक़ा है, साले, कमर तोड़ दी।

अभिनेता-4 : और मेरे जो कन्धे टूट गये? ये भी कोई नाटक है, कन्धे पे बिठा के घंटों घुमाते रहो...'नमो यन्त्र, नमो यन्त्र, नमो यन्त्र।'

अभिनेता-2 : ऐसी ही प्रथा है, हीरो को कन्धों पर ही ढोना होता है। देखा नहीं था सचिन को कन्धों पर उठाकर पूरा स्टेडियम घुमाया गया।

अभिनेता-4 : वो सचिन था—'क्रिकेट का भगवान।'

अभिनेता-2 : तो ये भी कौन कम है—'दैवी शक्ति से जूझते हुए यन्त्रराज।'

डायरेक्टर : अच्छा, बस करो, अब ये क्रिकेट-विक्रेट बीच में मत घुसाओ। और, तुमने इसे गिरा क्यों दिया? अगला सीन क्या है?

अभिनेता-3 : अगला सीन नहीं हो सकता।

डायरेक्टर : क्यों, क्यों नहीं हो सकता?

अभिनेता-3 : राजा नहीं है।

डायरेक्टर : राजा! राजा नहीं है मतलब?

अभिनेता-3 : रणजीत, उत्तरकूट का राजा।

डायरेक्टर : हाँ तो?

अभिनेता-3 : नहीं है, नहीं आया।

डायरेक्टर : ओह माई गॉड, कोई दिन होता है जब पूरी कास्ट एक साथ मौजूद हो? इस रिहर्सल को देखकर कोई कहेगा कि तीन दिन बाद हम इसका शो करने जा रहे हैं।

अभिनेता-1 : इसीलिए कहता हूँ, सीधे सच्चे नाटक उठाया करो, जिसमें तीन-चार से ज़्यादा की कास्ट न हो। लेकिन आपको तो पूरा गाँव बसाना होता है।

अभिनेता-2 : सीधे-सच्चे नाटक यान्त्रिक होते हैं, काव्य विहीन।

डायरेक्टर : अच्छा, फिर वही सब मत शुरू करो। राजा, मन्त्री का सीन छोड़ देते हैं, मैं अपनी एंट्री से लेता हूँ।

अभिनेता-3 : वह भी नहीं हो सकता—वहाँ भी राजा चाहिए।

(विंग्स से एक आवाज़)

अभिनेता : बैरागी तुम्हीं ने सारी प्रजा बहकाई है। (सभी हँसते हैं)

अभिनेता-1 : वाह क्या एंट्री है, राजाधिराज की जय हो।

अभिनेता (राजा) : *(विंग्स से प्रवेश करते हुए)*

सॉरी कॉमरेड्स, बाइक पंचर हो गयी थी।

डायरेक्टर : रणजीत, ये नहीं चलेगा, बिल्कुल नहीं चलेगा।

अभि (राजा) : कहा ना, बाइक पंचर हो गयी थी।

अभिनेता-1 : हाँ पता है, पता है, कौन तेरी बाइक में रोज़ कील चुभो देती है।

(सब हँसते हैं)

डायरेक्टर : नो लूज़ टॉक, आई से नो लूज़ टॉक हियर। थियेटर की गरिमा का कुछ तो ख़याल करो। हमेशा वही सड़क छाप मज़ाक़। रणजीत डायलॉग याद हैं तुझे?

अभि (राजा) : याद हैं।

अभिनेता-1 : पंचर की दुकान पे बैठा डायलॉग ही तो रट रहा था।

राजा : ओके नाऊ शटअप। (डायरेक्टर से) चलो बन्दा बैरागी शुरू करो अपना गान।

डायरेक्टर : बन्दा वैरागी नहीं धनंजय बैरागी। बन्दा बैरागी इज़ ए डिफ़रेंट कैरेक्टर।

राजा : सॉरी, धनंजय बैरागी। कैन वी बिगन नाऊ?

डायरेक्टर : (अपने सिर पर गेरुआ कपड़ा बाँधकर) हाँ!

राजा : बैरागी तुम्हीं ने सारी प्रजा बहकाई है।

धनंजय : ज़रूर बहकाई है ख़ुद भी बहक रहा हूँ।

(गाता है)

कौन है वह पगला जो मुझे गली-गली बहकाता फिरता है। अरे, उसकी वंशी के मोहन स्वर से हवा डोल उठी है, आकाश भर उठा है। समय बीतता जा रहा है, वह पगला ना जाने कैसी आँख-मिचौनी खेल रहा है। उसकी टेर मुझे विकल कर रही है, पर वह हाथ नहीं आता। पर्वतों-वनों में ढूँढ़ता फिरता मैं इस आग में जला जा रहा हूँ।

राजा : इन बहकी-बहकी बातों में मेरी बात नहीं उड़ा सकते। तुम पर भरोसे की ओट में उनका डर अभी छिपा है लेकिन भरोसे में ज़रा-सा छेद होते ही उनका भीतरी डर सातवें वेग से फूट निकलेगा। तब सारे मारे जायेंगे। समझे बैरागी? तुम्हारे भाग्य में दुख बदा है।

धनंजय : भाग्य में जो दुःख था वह मैंने हृदय में बसा लिया है। जो दुःख से भी परे हैं, वे वहीं रहते हैं।

राजा : बैरागी, तुम क्या सच में अपने को देवता मान बैठे हो? राजा का लगान तो प्रजा को देने नहीं देते, पर जब देवता का पुजापा तुम्हारे पैरों पर पड़ने लगता है तब क्या तुम्हें नहीं अखरता?

धनन्जय : बाप रे! अखरता क्यों नहीं! भागकर निकल पाऊँ तो जान बचे। मुझे पूजा चढ़ाते-चढ़ाते ये लोग भीतर ही भीतर दिवालिये हो गये हैं। इनके क़र्ज़ का बोझ तो मेरे ही कन्धों पर आयेगा, देवता छोड़ थोड़े ही देंगे।

राजा : तो अब तुम्हारा कर्तव्य क्या है?

धनंजय : परे रहना। अगर मैंने सचमुच इनके मन पर बाँध बाँध डाला हो तो भैरव मुझको और तुम्हारे विभूति, दोनों को एक साथ ही दण्ड दें।

राजा : तो फिर अब देर क्यों? अलग हट जाओ न।

धनंजय : मेरे अलग हटते ही ये सीधे तुम्हारे चण्डपाल की गर्दन पर चढ़ बैठेंगे। फिर जो दण्ड मुझे मिलना चाहिए था वह इन्हीं की खोपड़ी पर आ पड़ेगा। इसी सोच के मारे नहीं हट पाता।

राजा : अपने आप नहीं हट पाते तो लो मैं हटाये देता हूँ। उद्धव, बैरागी को इसी वक़्त बन्दी बनाकर शिविर में ले जाओ।

धनंजय : *तेरी ज़ंजीर मुझे विकल नहीं बना सकती। तेरी मार*

से मर्म नहीं मर सकता। उनके अपने हाथ का लिखा मुक्ति-पत्र मेरे प्राणों में सुरक्षित है। तुम्हारे बाँधने से मैं नहीं बँध सकता। जिस रास्ते से मैं आता-जाता हूँ उसका पता तेरे प्रहरी भला कैसे पा सकते हैं। मैं तो उनके द्वारे पहुँच चुका हूँ, मुझे अब तेरे दरवाजे कौन अटका सकता है। डर से मेरे प्राण नहीं हटेंगे।

(धनंजय को लेकर उद्धव का प्रस्थान)

अभिनेता-1 : नो, आई एम सॉरी, आई एम नॉट कनविन्स्ड।

अभिनेता-5 : लो, फिर लग गया ग्रहण। अब कर लो नाटक!

अभिनेता-3 : थियेटर की यही मुश्किल है, हर बात में बहस। मतमतान्तर। इसी से थियेटर पंगु होकर रह गया है।

अभिनेता-4 : अरे वाह! क्या बात है–'पंगु', जियो प्यारे जियो!

अभिनेता-2 : 'पंगु थियेटर!' एबसर्ड थियेटर, पुअर थियेटर। इन सबके बाद एक नया कॉन्सेप्ट होगा–'पंगु थियेटर।' इस 'पंगु समय' को भाषित करने के लिए 'पंगु थियेटर'। वाह प्यारे, अनजाने तुमने तो एक नये थियेटर का कॉन्सेप्ट रच डाला। मैं आज ही इस कॉन्सेप्ट पर काम शुरू करता हूँ।

डायरेक्टर : पंगु न समय है न थियेटर, पंगु हैं हम लोग। हू लीड अ मिडिल क्लास सुपरफीशियल एग्ज़िस्टैंस।

अभिनेता-1 : आप फ़तवे देना बन्द करो। अगर नाटक का फार्म और कन्टेंट मुझे कन्विसिंग नहीं लगा तो मैं सुपरफिशियल हो गया और आप इसलिए महान हो क्योंकि आपने रवीन्द्रनाथ का नाटक चुना?

डायरेक्टर : कुतर्क मत करो। ये बताओ तुम्हें नाटक से प्रोब्लम क्या है?

अभिनेता-1 : वो मैं पहले दिन से बता रहा हूँ। नाटक की सारी स्थितियाँ और पात्र स्टीरियोटाइप हैं, और कन्टेंट भी

बेहद रोमांटिक है। क्या होता है इस नाटक में? वो युवराज, जो दरअसल युवराज नहीं है, मुक्तधारा के मुहाने पर मिला वो लावारिस बच्चा है जिसमें 'चक्रवर्ती राजा' के गुण हैं और उसे मुक्तधारा पर बँधे इस बाँध के छिद्रों का 'इल्हाम' है और वो अकेले दम इस बाँध को तोड़ देता है और मर जाता है। दूसरी तरफ ये मि. धनंजय बैरागी हैं, मिस्टिक से कैरेक्टर "तेरी ज़ंजीर मुझे विकल नहीं बना सकती, तेरी मार से मर्म नहीं मर सकता" इट्स ऑल वेरी कन्फ्यूजिंग एण्ड रोमांटिक। एक अकेला व्यक्ति अपने 'प्राणों की आहुति' देकर भी दुनिया के यन्त्र और यान्त्रिकता को नष्ट नहीं कर सकता, किसी को मुक्ति नहीं दिला सकता।

अभिनेता-2 : यान्त्रिकता को ये कॉन्सेप्ट है तो रोमांटिक। मशीन का आविष्कार मानव की सबसे बड़ी उपलब्धि है। व्यक्ति की स्वतन्त्रता का ये कॉन्सेप्ट ही रूमानी है। समाज से परे व्यक्ति का अस्तित्व असम्भव है। समाज स्वतन्त्र होगा तभी व्यक्ति भी स्वतन्त्र होगा।

अभिनेता-राजा : बिल्कुल ठीक, मानव का विकास भी मशीन के विकास से जुड़ा है। मशीन का अस्वीकार मानव विकास का अस्वीकार है।

डायरेक्टर : रोमांटिसिज़्म को सिरे से नकारना केवल एक फैशन है। किसी भी तरह की यान्त्रिकता हमारी स्वतन्त्रता में बाधक है। मॉडर्निज़्म की सबसे बड़ी ट्रैजिडी ही मशीन का मिसप्लेस्ड ग्लोरीफ़िकेशन है। टैगोर आधुनिक होने के बावजूद अगर इस मशीनीकरण का विरोध करते हैं तो वह सार्थक है और आज के हमारे दौर में और भी रेलेवेंट।

राजा : तब तो हम सबको गाँधी की तरह लँगोटी लगा के गाँवों में बस जाना चाहिए और चिमटा बजाकर रामधुन

गानी चाहिए। फिर तो तुम्हारा ये मुक्तधारा भी बेकार है। गाँवों में ये किसी के पल्ले नहीं पड़ने वाला।

डायरेक्टर : पहली बात तो तुम गाँधी और टैगोर को इस तरह गड्डमड्ड मत करो। उन दोनों के बीच बहुत सारी असहमतियाँ भी थीं, जिन्हें उन्होंने खुले तौर पर ज़ाहिर भी किया। दोनों के बीच की वह बहस आज भी रेलेवेंट है। गाँधी के स्वदेशी आन्दोलन और चरखे का विरोध सबसे पहले टैगोर ने ही किया था। उन्होंने यहाँ तक कहा था कि पूरे देश को चरखा चलाने की सलाह देकर वे लोगों को कोल्हू का बैल बना देंगे, जो उसी सीमित परिधि में गोल-गोल घूमता है।

अभिनेता-4 : वाह! क्या बात है! गाँधीवादियों का क्या बढ़िया बयान है "कोल्हू का बैल।" दुनिया कहाँ की कहाँ निकल

गयी लेकिन वे अभी भी वहीं घूम रहे हैं गोल-गोल। परम विश्वास के साथ कि दुनिया की सारी समस्याओं का हल इसी कोल्हू से निकलेगा। (लोग हँसते हैं)।

अभिनेता-2 : खिल्ली तो किसी भी चीज़ की उड़ाई जा सकती है, लेकिन इस चण्डूखाने की गप्प से कुछ हासिल नहीं होगा। शास्त्रविहीन आधुनिक नाटक की समस्या ही यह है कि उसमें कोई डिसीप्लिन ही नहीं रह गया है।...

अभिनेता राजा : बस कर ओये शास्त्री! डिसीप्लिन का मतलब आँखों पर पट्टी बाँध कर गोल-गोल घूमना नहीं होता।

अभिनेता-1 : बिल्कुल ठीक! परम्परा की चट्टान के नीचे कीड़ों की तरह बिलबिलाते रहना न तो परम्परा का वहन है और न ही उसका पुनर्सर्जन।

डायरेक्टर : अच्छा बहोत हो गया, तुम लोगों को अगर सिर्फ़ बहस ही करनी है तो जाओ किसी कॉफ़ी हाउस की टेबल कूटो, यहाँ थियेटर में क्या कर रहे हो?

अभिनेता-1 : क्यों, थियेटर को भी आप एप्रोप्रियेट कर लेना चाहते हैं? कॉफ़ी हाउस, टी हाउस सारी जगहें तो छीनी जा चुकी हैं। अब थियेटर से भी आप बहस को बाहर कर देना चाहते हो?

अभिनेता राजा : अभी आप ही तो टैगोर और गाँधी के बीच असहमति की बात कर रहे थे, और कह रहे थे कि वो बहस अभी भी रेलेवेंट है। तो टैगोर के नाटक को लेकर अगर कोई बहस उठ रही है तो आपको आपत्ति क्या है?

डायरेक्टर : आपत्ति ये है कि हम अपनी सीमाएँ लाँघ रहे हैं। थियेटर में सबके रोल परिभाषित हैं। लेखक, निर्देशक, अभिनेता सबके। अगर हम उन दायरों को तोड़ते हैं तो एक एनारकी पैदा होती है और थियेटर असम्भव हो जाता है।

अभिनेता-2 : मैं इससे सहमत हूँ।

अभिनेता राजा : लेकिन मैं नहीं। (डायरेक्टर से) थियेटर की ये आपकी परिभाषा दकियानूसी है, एकदम बुर्जूवा। लेखक, डायरेक्टर, अभिनेता की इस हायरारकी को मैं नहीं मानता।

अभिनेता-1 : ठीक बात, थियेटर में ये वर्णभेद नहीं चलेगा।

(सब हँसते हैं।)

डायरेक्टर : आल राइट, आल राइट, अगर तुम लोग बहस पर ही आमादा हो तो ठीक है आज हम बहस ही करते हैं। नाटक जब होना होगा, होगा।

(बैरागी सिर पर पहना गेरुआ कपड़ा उतारकर फेंकता है।)

(अभिनेता-1 से)–हाँ तो तुम्हें रोमांटिसिज़्म से क्या प्रोब्लम है? रोमांटिसिज़्म यूरोप में इंडस्ट्रियल रेवोल्यूशन के ख़िलाफ़ रिवोल्ट था। प्रकृति के साइंटिफ़िक रैशनलाइज़ेशन के ख़िलाफ़ एक रिएक्शन। इस बात से किसे इनकार हो सकता है कि आधुनिक सभ्यता की सारी समस्या की जड़ में मशीनों का उत्पात ही है। आदमी और प्रकृति के बीच आज जो खाई पैदा हो गयी है वो इस मशीन के चलते ही तो। टैगोर अगर अपने नाटक में उस यन्त्र और यान्त्रिकता का विरोध करते हैं तो उसमें ग़लत क्या है?

अभिनेता राजा : मैं बताता हूँ। रोमांटिसिज़्म एक रिवाएवलिस्ट मूवमेंट था जो विज्ञान और तार्किकता के विरुद्ध मध्यकालीन सभ्यता को पुनर्स्थापित करना चाहता था। समय और समाज अपनी गति से आगे बढ़ते हैं। और अतीतजीवियों के लिए वहाँ कोई जगह नहीं होती।

डायरेक्टर : आई ओब्जेक्ट, टैगोर को अतीतजीवी कहना बिल्कुल ग़लत होगा। उन्होंने अपने समय में न केवल राष्ट्रीय

स्तर पर बल्कि वैश्विक स्तर पर प्रभावी हस्तक्षेप किया। वे वैश्विक दृष्टि से सम्पन्न एक विश्व नागरिक थे जिन्होंने संकीर्ण राष्ट्रवाद का उस समय विरोध किया जब देश पूरी तरह राष्ट्रवाद की चपेट में था। गाँधी से उनकी असहमति भी इसीलिए थी।

अभिनेता-3 : तुम क्या गाँधी को संकीर्ण राष्ट्रवादी कह रहे हो? टैगोर को ही जवाब देते हुए गाँधी ने कहा था, "मैं अपने घर के चारों ओर दीवारें नहीं खड़ी करना चाहता और न ही उसकी खिड़कियों को ढँक देना चाहता हूँ। मैं चाहता हूँ दुनिया भर की सभ्यताओं की हवाएँ निर्बाध मेरे घर में आयें, लेकिन ऐसी आँधी भी नहीं जो मेरे पाँव ही उखाड़ दे। मैं दूसरों के घर में बिन बुलाये मेहमान, भिखारी या ग़ुलाम की तरह हरग़िज़ नहीं रहना चाहता।" इसके अलावा एक विदेशी मित्र को पत्र में उन्होंने लिखा, "स्वदेश सेवा के बग़ैर विश्व सेवा हो ही नहीं सकती। मैं इस विश्व का एक छोटा-सा अंश मात्र हूँ। मेरे देशवासी मेरे सबसे नज़दीकी पड़ोसी हैं। वे इतने असहाय, इतने प्रभावहीन, इतने सुस्त और जड़ हो गये हैं कि उन्हीं की सेवा में मुझे सारा ध्यान और शक्ति लगा देनी पड़ेगी।" इसमें कौन-सी संकीर्णता आपको नज़र आती है?

अभिनेता : (अभिनेता-2 से)
ये विश्व नागरिकता की बात कुछ ऐसी ही नहीं है,
"हिन्दोस्तां हमारा, चीनो अरब हमारा
रहने को घर नहीं है सारा जहाँ हमारा।"

(सब हँसते हैं) (डायरेक्टर जो अपने लैपटॉप पर कुछ खोज रहा था)

डायरेक्टर : नो नॉट एट ऑल, नॉट एट ऑल! टैगोर अगर ज़्यादा नहीं तो उतने ही भारतीय थे जितने गाँधी। लेकिन उन्हें अपने पाँव उखड़ने का डर नहीं था और वे

खुले मन से पश्चिम की उपलब्धियों को सराह सकते थे। उनसे सीख सकते थे। हियर (लैपटॉप की तरफ इशारा करके)। इस पूरी बहस को मैंने नेट पर एक्सेस कर लिया है और उन्होंने जो कहा था वो उन्हीं की भाषा में इस प्रकार है। ''एनी नेशन विच टेक्स एन आइसोलेटेड व्यू ऑफ़ इट्स ओन कंट्री विल रन काउंटर टू द स्पिरिट ऑफ़ द न्यू एज, एण्ड नौ नो पीस।'' सो दैट इज़ टैगोर फॉर यू। इसीलिए, इसीलिए सभ्यताओं के झगड़े होते हैं और हो रहे हैं! क्योंकि हम दूसरों को देखना, समझना नहीं चाहते! आत्मग्रस्त, कुएँ के मेंढक बने रहते हैं।

अभिनेता-3 : अगर गाँधी के प्रसंग में आप ये कह रहे हैं तो बिल्कुल ग़लत है। गाँधी की पूरी यात्रा देखिए। वे पश्चिम में रहे थे और वहाँ की सभ्यता का गहरा अध्ययन उन्होंने किया था। पश्चिमी साहित्य, धर्म और वहाँ की इकोनोमी का गहरा मनन किया था। युद्धों और हिंसा वाली पश्चिमी सभ्यता उन्हें शैतानी लगती थी और वे मनुष्य के लिए एक ऐसी दुनिया चाहते थे जो अहिंसक, नैतिक और समतामूलक हो। इसके लिए उनके पास ठोस तर्क थे और उनका चिन्तन नेगेटिव क़तई नहीं था। उन्होंने अगर आधुनिक सभ्यता को नकारा तो उसका ऑल्टरनेटिव भी सुझाया। एक प्रेग्मेटिक और व्यावहारिक ऑल्टरनेटिव।

अभिनेता राजा : भूखे की कोई नैतिकता नहीं होती, उसे रोटी छीननी ही चाहिए। अमीरों की दया पर निर्भर रहकर किसी का पेट नहीं भरता, और न ही सद्भावना मात्र से लोगों की ग़रीबी दूर हो जाती है। गाँधी यूटोपिया की बात करते थे, प्रैगमेटिक या व्यावहारिक जैसा उनमें कुछ नहीं था। इसीलिए वे असफल भी हुए।

अभिनेता-3 : (जो अब तक अपने मोबाइल पर कुछ ढूँढ़ रहा था)

सफलता, असफलता दीगर बातें हैं। असफल तो साम्यवाद का प्रयोग भी हुआ है। ये मैंने भी नेट पर गाँधी-टैगोर की बहस एक्सेस कर ली है। तुम्हारी बात का सटीक जवाब यहाँ मौजूद है जहाँ गाँधी-टैगोर से कह रहे हैं कि मैं बीमारी से जूझते हुए आदमी का इलाज कबीर के गान से नहीं कर सकता। करोड़ों भूखे लोग एक ही कविता चाहते हैं–"जीवनदायिनी रोटी" जो उन्हें यों ही नहीं मिल जाएगी। उसे उन्हें अपने परिश्रम से कमाना होगा। "स्वैट ऑफ़ देयर ब्राऊ।" ये, ये कहा है गाँधी ने!

अभिनेता-1 : "स्वेट ऑफ़ देयर ब्राऊ"–चरखा चला कर! चरखा चलाने में जैसे बड़ा पसीना आता है। (लोग हँसते हैं)

अभिनेता-3 : नहीं, पसीना बात करने में आता है, वो भी बिना जाने बूझे (लोग फिर हँसते हैं)। गाँधी ग्राम स्वराज की बात करते थे, वे चाहते थे हर गाँव अपने आप में सम्पूर्ण गणराज्य हो, "कम्पलीट रिपब्लिक।" अपनी ज़रूरतों के लिए आत्मनिर्भर। गाँधी मशीन के ख़िलाफ़ नहीं थे, चरखा भी तो मशीन ही है। गाँधी का विरोध साम्राज्यवादी पूँजीवाद से था जो बाज़ारवाद–कन्ज़्यूमरिज़्म–को बढ़ावा देता है। इसीलिए वे कॉटेज इंडस्ट्री, घरेलू उद्योगों की बात करते थे। वे व्यक्ति की स्वतन्त्रता के लिए उसकी आर्थिक आत्मनिर्भरता ज़रूरी समझते थे।

अभिनेता-1 : समाज की आर्थिक प्रगति के लिए कॉटेज इंडस्ट्री नाकाफ़ी है। इकनॉमिक डेवलपमेंट के लिए बड़े उद्योग चाहिए। बैलों से हल चलाकर खेतों के छोटे-छोटे टुकड़ों पर आप हर मुँह के लिए रोटी पैदा नहीं कर सकते, उसके लिए ज़रूरी है कृषि का मशीनीकरण।

अभिनेता राजा : वैसे भी कम श्रम में ज़्यादा उत्पादन देने वाली मशीन को छोड़कर ज़्यादा श्रम और कम उत्पादन की वकालत

एक दक़ियानूसी ख़याल है।

डायरेक्टर : मशीन अपने आप में एक वैल्यू सिस्टम भी है। यन्त्र तो यान्त्रिकता ही पैदा करेगा और यान्त्रिकता मनुष्य को मनुष्य नहीं रहने देगी। क्या हम सब अपने चारों तरफ़ इस यान्त्रिकता को महसूस नहीं कर रहे हैं? व्यक्ति इस सृष्टि की एक नायाब कृति है, "अ वंडरफुल क्रियेशन ऑफ़ नेचर" और इस यान्त्रिकता का नेचर से ही सीधा विरोध है, इन दैट सेन्स मशीन इज़ अगेन्स्ट लाइफ़ इटसेल्फ़। और, टैगोर मुक्तधारा में यही बात कर रहे हैं जिसे तुम लोग समझ नहीं रहे।

अभिनेता-1 : ये आपका वंडरफुल क्रियेशन–'आदमी'–आदमी तब बना जब उसने अपने पंजों को हाथों में तब्दील किया और हाथों की कुशलता बढ़ाने के लिए औज़ार बनाये, और औज़ारों का परिष्कार करने के लिए

मशीन ईजाद की। मशीन का विरोध आदमी की चेतना का, उसकी रचनात्मकता का विरोध है। ग़ुलाम मशीन नहीं बनाती बल्कि वो मनुष्य को उसकी ड्रजरी, उसकी ग़ुलामी से मुक्त करती है। ये मशीन ही है जिसने अफ़्रीका और एशिया को गुलामी से मुक्त किया और मनुष्य में स्वतन्त्रता की चेतना का विकास भी किया।

अभिनेता राजा : वो अंग्रेज़ी में कहावत है न—"थ्रोइंग द चाइल्ड अवे विद द बाथ वॉटर"—मशीन का विरोध ऐसी ही बात है। मसला है मशीन की मिल्कीयत का। उसे मैनेज कौन करता है? पूँजी या समाज। आज की इंडस्ट्री पूँजीपतियों के हाथों में है जो उसका इस्तेमाल कन्ज़्यूमरिस्ट इकनोमी के लिए कर रहे हैं। जिस दिन मशीन की मिल्कीयत समाज या प्रोलेतेरियत के हाथों में होगी वह मनुष्य की स्वतन्त्रता का सबसे मज़बूत हथियार बन जाएगी।

अभिनेता-4 : अच्छा बहोत हो गया तुम्हारा इंटलेक्चुअल मास्टरबेशन। इसी फ़ेक इंटलेक्च्युलिज़्म ने थियेटर को बर्बाद करके रखा है। जिस पूँजीवादी कन्ज़्यूमरिज़्म को हम कोस रहे हैं उसी की बदौलत आज हमारी क्वालिटी ऑफ़ लाइफ़ में इतना फर्क दिख रहा है।

अभिनेता-5 : दुनिया में जो भी तरक़्क़ी या बहबूदी आज है, वो इसी फ़्री इकनोमी के चलते। और, जो हम यहाँ बैठ के बहस कर पा रहे हैं, वो भी इसलिए कि हमारे यहाँ डेमोक्रेसी है। चीन में तुम ऐसा नहीं कर सकते। हमारे यहाँ तो जिसका जब जी आता है दिल्ली के जन्तर-मन्तर या रामलीला मैदान में जा धमकता है। जिस थाली में खाना उसी में छेद करना!

(हँसते हैं)

अभिनेता-6 : ठीक बात है। ये जो टैगोर और गाँधी यहाँ मोबाइल

और लैपटॉप पे एक्सेस किये जा रहे हैं वो भी इसी बाज़ार ने सम्भव किया है जिसे हम कोस रहे हैं। इंडस्ट्रियल रेवोल्यूशन से बड़ा है ये इलेक्ट्रॉनिक रेवोल्यूशन, जिसने मशीन का भी डेमोक्रेटाइज़ेशन कर दिया है। (अभिनेता-3 से) और ये जो तुम कॉटेज इंडस्ट्री की बात कर रहे थे न, इलेक्ट्रॉनिक रेवोल्यूशन वही काम कर रहा है, आज आप घर बैठे अपने सारे काम निपटा सकते हैं। दूर-दराज़ के गाँवों से भी दुनिया भर से जुड़े रह सकते हैं।

अभिनेता-5 : (डायरेक्टर से) जिस विश्व नागरिकता की आप बात कर रहे हैं उसे आज यही मशीन पौसिबल बना रही है। और हाँ (अभिनेता-3 से) तुम्हारा ग्राम स्वराज भी तो।

आज पूरी दुनिया ही एक ग्लोबल विलेज में तब्दील हो गयी है। इन्फॉरमेशन टैक्नोलॉजी ने आज हर आदमी को वो अवसर, वो ताक़त दे दी है कि वह पूरी दुनिया से संवाद की स्थिति में है, पब्लिक ओपीनियन इज़ अ माइटी फ़ोर्स टुडे।

अभिनेता-4 : एग्ज़ैक्टली! आज एक अकेला आदमी भी अपने आप में ताक़तवर है, क्योंकि उसके पास इन्फॉरमेशन है और अपने को अभिव्यक्त करने की आज़ादी भी।

अभिनेता-6 : एण्ड माइंड यू, ये टैक्नोलॉजी इंटरेक्टिव टैक्नोलॉजी है, एकतरफ़ा नहीं। पहली बार वो टैक्नोलॉजी डेवलप हुई है जो दु-तरफ़ा संवाद का माध्यम है।

डायरेक्टर : नो, आई डिसएग्री! इस टैक्नोलॉजी ने आदमी को निपट अकेला और घर-घुसरा बना दिया है। ये टैक्नोलॉजी संवाद नहीं, संवाद का झूठा एहसास भर पैदा करती है। बिल्कुल वैसे ही जैसे वीडियो गेम में आप दुश्मनों को शूट करते हुए जीत का एक झूठा परचम फहराते हैं। यह टैक्नोलॉजी आपको वास्तविक जीवन से

काटकर एक वर्चुअल दुनिया में क़ैद कर दे रही है। और आप इस भरोसे में हैं कि सारी दुनिया आपकी मुट्ठी में है।

अभिनेता-3 : मार्क्स ने धर्म को अफ़ीम बताया था लेकिन उस दृष्टि से देखा जाये तो आधुनिक टैक्नोलॉजी कहीं ज़्यादा बड़ा नशा साबित हो रही है जिससे मुक्ति फ़िलहाल तो सम्भव नहीं लगती।

अभिनेता-5 : वाह प्यारे वाह! इसे कहते हैं गुड़ खाओ और गुलगुलों से परहेज़ करो। टैगोर, गाँधी नेट पर एक्सेस किये जा रहे हैं और कहा जा रहा है कि ये टैक्नोलॉजी मासेज़ के लिए ओपीयम है, जिसने हमें वर्चुअल दुनिया में क़ैद कर दिया है।

डायरेक्टर : देखो, क्योंकि कोई चीज़ हमारे जीवन में प्रवेश कर गयी है और हम उसका इस्तेमाल करने लगे हैं इसीलिए वो ठीक है, और हमें उसे क्रिटीसाइज़ नहीं करना चाहिए, ये ग़लत है। ये ठीक वैसे ही है कि जैसे मैं सिगरेट का आदी हूँ तो मुझे उससे होने वाले नुकसान के बारे में नहीं बोलना चाहिए।

अभिनेता-3 : गाँधी तो यही कहते थे कि अगर तुम्हें सिगरेट की बुराई करनी है तो पहले ख़ुद सिगरेट छोड़ो।

अभिनेता-6 : तो सबसे पहले तो तुम अपना ये सेलफ़ोन फेंको।

अभिनेता-5 : हाँ फेंको, यहाँ मेरी तरफ़। क्योंकि मुझे न गुड़ से परहेज़ है न गुलगुलों से। (सब हँसते हैं।)

अभिनेता-3 : नहीं अपना नशा तुम्हें देकर मैं मुक्त नहीं हो सकता। उसे तो समूल नष्ट करना पड़ेगा। तो लाओ सब अपने-अपने सेलफोन, लैपटॉप मुझे दो, मैं उनकी इकट्ठी होली जलाता हूँ, ठीक विदेशी कपड़ों के अन्दाज़ में।

(ठहाका)

अभिनेता राजा : कोई लाभ नहीं होगा। नदी मुहाने से निकल के समुद्र की तरफ़ ही बहेगी। देशी-विदेशी गुज़रे ज़माने की बातें हैं। अब सिर्फ दो दुनियाएँ हैं—एक वंचितों और दूसरी पूँजीपतियों की। लड़ाई अब फाइनल स्टेजेस में है। इतिहास की धारा को अवरुद्ध नहीं किया जा सकता।

डायरेक्टर : तभी न जब उस पर कोई बाँध न बँधे, धारा मुक्त रहे। लेकिन, आज तो चारों तरफ़ बाँध ही बाँध हैं और हर धारा अवरुद्ध दिखाई देती है, तुम्हारे इतिहास की धारा भी।

अभिनेता-6 : आज की दुनिया में तुम्हारे ये शार्प क्लासीफिकेशंस, ये वंचित वर्सेज़ पूँजीपति जैसे, झूठे पड़ चुके हैं। साइंटिफिक ऑब्जेक्टिविटी जैसी कोई चीज़ नहीं होती। चीज़ों को सफ़ेद और स्याह में बाँटकर नहीं देखा जा सकता। निश्चयात्मकता, तथ्यात्मकता जैसा कुछ नहीं है। सबके अपने-अपने सत्य हैं जो उनकी ज़रूरतों के

मुताबिक बदलते रहते हैं। हिस्ट्री फॉर ऑल प्रैक्टिकल परपज़ेज इज़ डैड।

अभिनेता राजा : हाँ-हाँ मालूम है तुम्हारा यह पोस्ट-मोडर्निस्ट एजेंड़ा जाति, धर्म और सभ्यताओं के नाम पर दुनिया को बाँटकर अन्तरराष्ट्रीय पूँजीवाद अपना उल्लू सीधा कर रहा है। और कुछ नहीं।

अभिनेता-1 : क्लास के ख़िलाफ़ आइडेंटिटी की ये पॉलिटिक्स पूँजीवाद के तरकश का नया तीर है। लेकिन मार्क्सवाद इसका भी मुक़ाबला कर लेगा।

अभिनेता-5 : हिस्टॉरिक नेसेसिटी का जुआ अब आदमी के कन्धे से उतर चुका है। अब कहीं जाकर इंडिविजुअल फ्रीडम की गुंजाइश दुनिया में बनी है। विज्ञान और विचारधाराओं की जकड़बन्दियाँ पूरी तरह ख़त्म हो गयी हैं। अब क्रिएटिविटी के लिए पूरी स्वतन्त्रता है।

डायरेक्टर : अच्छा!

अभिनेता-6 : आज अगर टैगोर होते तो ज़रूर खुश होते। इंडिविजुअल की फ्रीडम का जो सपना उन्होंने देखा था वो आज सम्भव होता लग रहा है।

डायरेक्टर : नो, ऑन द कान्ट्रेरी।

(अभिनेता-4 से) गाँधीवादियों को तुम कोल्हू का बैल कह रहे थे न, लेकिन असली कोल्हू के बैल वो हैं, बाज़ार ने जिनकी आँखों पर पट्टी बाँध दी है और आत्मनिर्णय के अधिकार उनसे छीन लिए हैं। कैसे दिखें, क्या पहनें, क्या खायें से लेकर क्या सोचें तक का निर्णय उनके लिए एक ऐसा तन्त्र कर रहा है जो साफ़ दिखाई भी नहीं देता। क्या विडम्बना है कि धागों पर नाचती कठपुतलियाँ अपने को आज़ाद महसूस करती हैं कि देखो बिन पाँवों के भी हम उछल सकती हैं यहाँ से वहाँ, वहाँ से वहाँ।

अभिनेता-2 : वाह क्या बात है! बिना पाँवों के उछलती कठपुतलियाँ। इस पंगु समय की क्या व्याख्या तुमने की है। पंगु थियेटर के कॉन्सेप्ट पे काम जरूरी है। 'थियेटर ऑफ द लेम।'

अभिनेता-3 : गाँधी इसी पंगुता के ख़िलाफ़ काम कर रहे थे। उन्होंने कहा था कि मटीरियल कम्फ़र्ट्स की ग़ुलामी आधुनिक सभ्यता के लिए विनाशकारी है। बौद्धिक श्रम का महत्त्व स्वीकार करते हुए भी वे शारीरिक श्रम पर बल देते थे। और उन्हें चोर कहते थे जो बिना श्रम की रोटी खाते हैं।

डायरेक्टर : और इस दृष्टि से हम सब चोर हैं जो कर धर कुछ नहीं रहे, यहाँ बैठे बहस कर रहे हैं। कोरी बौद्धिक जुगाली।

अभिनेता-1 : मनुष्य की चेतना ही उसे मुक्ति के लिए प्रेरित करती है और चेतना के लिए विचार आवश्यक है। बौद्धिक श्रम किसी मायने में शारीरिक श्रम से कम नहीं है। मुझे बैल बनने से सख़्त एतराज़ है।

अभिनेता-6 : लो कर लो बात, बैल कह रहा है मुझे बैल नहीं बनना।

(लोग हँसते हैं)

अभिनेता-5 : तुम मार्क्सवादी, गाँधीवादी, फलानेवादी, ढिकानेवादी, सब साले बैल हो, मानो या मत मानो।

अभिनेता-2 : पंगु होने से बैल होना अच्छा है।

(हँसी)

राजा : ये जो ग़रीब हैं, भूखे हैं या जिनके पास काम नहीं है इन्हें तुम पंगु कहोगे या चोर? तुम्हें मालूम है रोज़ कितने लोगों से काम छीना जा रहा है और दुनिया भर में बेकारों की फ़ौज खड़ी हो रही है।

अभिनेता-1 : उपदेश झाड़ना आसान है (नक़ल करते हुए) वे चोर

हैं, जो श्रम की रोटी नहीं खाते। कहाँ जायें ये दुनिया भर के बेकार श्रम करने, बतायें आपके गाँधी।

अभिनेता-3 : गाँधी ने तो बताया है लेकिन हम उसे मानें भी तो। इस देश की रीढ़ रहा है किसान, उसी ने न सिर्फ़ इस देश की इकनोमी के ज़िन्दा रखा बल्कि यहाँ कोई सभ्यता बची है तो उसी के बूते।

डायरेक्टर : और उसी किसान को दो सौ साल की गुलामी ने कंगाल किया और अब ये सठियाई आज़ादी भी वही काम कर रही है।

अभिनेता-3 : नहीं उससे कहीं ज़्यादा। गुलामी ने तो उसे कंगाल ही बनाया, आज की व्यवस्था तो उसका अस्तित्व ही ख़त्म करने पर तुली है। जो किसान तमाम कंगाली, ग़ुर्बत के बावजूद अपना हल थामे खेतों में डटा रहा, आज उसे हमने आत्महत्या पर मजबूर कर दिया है। मालूम है, सन् 1997 से अब तक क़रीब दो लाख किसान आत्महत्या कर चुके हैं!

अभिनेता-1 : दो लाख!

अभिनेता-5 : ये तो तुम ठीक कह रहे हो, चालीस वर्षों में खेती को तो हमने बिल्कुल चौपट कर दिया है। जो ज़मीन सोना उगलती थी वो अब बंजर होती जा रही है। और ये सब हुआ है रासायनिक खादों और ज़हरीले क़ीट नाशकों के अन्धाधुन्ध उपयोग से।

अभिनेता-2 : अरे अब तो किसान की ज़मीन ही उससे छीनी जा रही है। ज़मीन ही नहीं होगी तो किसान कहाँ होगा?

अभिनेता-3 : और ये सब हो रहा है विकास के नाम पर। जैसे कि खेतों में अन्न पैदा करना विकास नहीं है।

अभिनेता-6 : जिस तेज़ी से इंडस्ट्रियलाइज़ेशन से विकास होता है वैसा विकास खेती से सम्भव नहीं।

अभिनेता-2 : शाबाश, और भोजन! उसका क्या होगा! वो भी तुम्हारी इंडस्ट्री पैदा कर देगी।

अभिनेता-6 : बिल्कुल, क्यों नहीं, कर रही है, आजकल डिब्बों में और बोतलों में सब कुछ नहीं मिल रहा तुम्हें? फिर अन्न पैदा करने के लिए हैं तो सही, ये छोटे-छोटे ग़रीब देश जो आज भी खेती पर निर्भर हैं। जैसे कि बांग्लादेश, श्रीलंका।

डायरेक्टर : तुम बांग्लादेश की बात कर रहे हो, उसे ही हमने कहाँ बख्शा है?

अभिनेता-6 : क्या मतलब?

डायरेक्टर : ये जो बांग्लादेश के बॉर्डर पर एक मील लम्बा फरक्का बैराज हमने बनाया है इसने बांग्लादेश की खेती और फ़िशरी को जानते हो कितना नुकसान पहुँचाया है। गाँव के गाँव उजड़ गये हैं, बांग्लादेश की इकनोमी की कमर ही तोड़ कर रख दी है इस बैराज ने।

अभिनेता-4 : तुम्हें बांग्लादेश की बड़ी चिन्ता सता रही है। उसे आज़ादी दिलाई हमने और आज वो ही हमें आँखें दिखाता है, फिर भी तुम्हें उनका दर्द सता रहा है।

अभिनेता-6 : हर दिन कितने बांग्लोदशी हमारे यहाँ घुसे चले आ रहे हैं, कुछ अन्दाज़ा है तुम्हें?

डायरेक्टर : वही तो, वही तो है इस नाटक में जिसके रेलेवेन्स पर हम सवाल उठा रहे हैं। पहाड़ पर बसे उत्तरकूट में मुक्तधारा पर बाँध बाँधा जा रहा है, ताकि नीचे बसे शिवतराई के लोगों के खेत सुखा दिये जाएँ, उनका पानी रोक दिया जाय। शिवतराई क्योंकि उत्तरकूट का हिस्सा नहीं है इसलिए उनकी खेती, उनका पानी चौपट किया जा सकता है। मत भूलो बांग्लादेश कल तक हमारा ही हिस्सा था। अगर भाई घर से अलग हो जाये तो क्या तुम उसकी रोटी पानी छीन लोगे?

अभिनेता-3 : और फिर वे अपने यहाँ से विस्थापित होकर कामधन्धे की तलाश में हमारे यहाँ आते हैं तो क्या गलत करते हैं?

अभिनेता-4 : हम पड़ोसी की ज़रूरतें पहले देखे, है न, हमारी हुगली भले ही सूख जाय।

अभिनेता-3 : हुगली में चार महीने पानी हमें इसलिए चाहिए क्योंकि वहाँ हमने बन्दरगाह बनाया हुआ है। वहाँ पानी का लेवल कम हो जायेगा तो बड़े जहाज़ लंगर नहीं डाल पायेंगे। क्यों, क्या ये बन्दरगाह हम समुद्र में थोड़ा अन्दर नहीं ले जा सकते? उसका हुगली में ही बने रहना क्यों ज़रूरी है।

डायरेक्टर : इसी तरह से पाकिस्तान का भी मसला है।

अभिनेता-4 : ये लो, अब पाकिस्तान भी आ गया।

अभिनेता-6 : हाँ हाँ क्यों नहीं, वो भी तो घर से अलग हुआ भाई है। मुम्बई में दो-चार पटाखे फोड़ दिये तो क्या हुआ!

डायरेक्टर : देखो, बात को भटकाओ मत। हम अभी एक अलग सन्दर्भ में बात कर रहे हैं।

अभिनेता-5 : हाँ, शिवतराई से उत्तरकूट का रिश्ता। उत्तरकूट जो शिवतराई के भुट्टों के खेत सुखा देना चाह रहा है। *(हँसते हैं)*

अभिनेता-4 : हाँ, तो पाकिस्तान के कौन से भुट्टे हमने सुखा दिये?

उँगली : वहाँ भुट्टे नहीं होते, भुट्टो होते हैं। (हँसी)

डायरेक्टर : हाँ ठीक है, हँसो। ऐसे फूहड़ मज़ाक ही तो कर सकते हैं हम। दुनिया तो दूर की बात है, अपने आस-पड़ोस की चिन्ता भी हम क्यों करें! उससे हमारा सरोकार क्या है?

अभिनेता-1 : अब फिर तुमने फ़तवेबाज़ी शुरू की। अगर सरोकार

नहीं है तो इतनी देर से जो बहस यहाँ छिड़ी है, वो सब ऐसे ही।

डायरेक्टर : बहस, इसे तुम बहस कहते हो? हम अपनी नाक से आगे देखना ही नहीं चाहते, दरअसल हम सबने अपने-अपने बाँध खड़े कर लिए हैं। भरोसों के बाँध, भरोसे जो हमने यहाँ-वहाँ से जुटाये हैं, और इन बाँधों की ओट में हम अपने आपको सुरक्षित समझते हैं। इन बाँधों को तोड़कर मुक्त चिन्तन और स्वतन्त्र दृष्टि की कामना ही हम नहीं करते। यही वजह है कि अपने समय और अपनी समस्याओं के बारे में कुछ रचनात्मक करना तो दूर, हम सोच भी नहीं पाते।

अभिनेता-1 : मार्क्स भी एक मुक्त विश्व की कल्पना करते थे। इस माने में वे भी वैश्विक थे। पर उनकी दृष्टि वैज्ञानिक थी। टैगोर की तरह वे प्रकृतिवादी नहीं थे।

अभिनेता-2 : टैगोर प्रकृतिवादी नहीं थे। वे मनुष्य की आध्यात्मिक उन्नति चाहते थे। उन्होंने यान्त्रिकता का विरोध किया था क्योंकि उनको लगता था कि मशीनी सभ्यता आदमी को नैतिक रूप से कमज़ोर करती है और उसकी आध्यात्मिक प्रगति में बाधक है।

अभिनेता-3 : और यहीं टैगोर गाँधी से जुड़ते हैं। गाँधी ग़रीबी के पक्षधर नहीं थे। उन्होंने स्वेच्छा से गरीबी का जीवन इसलिए चुना क्योंकि देश गरीब था, यहाँ का किसान गरीब था। इस गरीबी के बीच कुछ लोगों की आर्थिक सम्पन्नता उन्हें अनैतिक लगती थी। वे सबकी भौतिक सम्पन्नता चाहते थे, ताकि लोग नैतिक और आध्यात्मिक रूप से भी सम्पन्न हो सकें।

डायरेक्टर : स्वयं टैगोर ने भी इस बात को लक्ष्य किया है, 1938 में 'गाँधी द मैन' लेख में उन्होंने लिखा था, एक तपस्वी का जीवन जीते हुए भी, गाँधी दूसरों के जीवन की नीरसता खत्म करने के लिए रात-दिन परिश्रम कर रहे हैं। खुद ग़रीबी में रहकर भी उनकी कोशिश अपने लोगों का भौतिक जीवन स्तर सुधारने की है। "मेटीरियल वेलफ़ेयर ऑफ़ हिज़ पीपुल।"

अभिनेता-1 : ठीक है, अगर हम मान भी लें कि गाँधी ग़रीबी दूर करना चाहते थे, लोगों का भौतिक स्तर सुधारना चाहते थे, तो हुआ क्या उसका? सुधर गया भौतिक स्तर, हो गयी गरीबी दूर?

(कुछ लोग हँस देते हैं)

राजा : बल्कि उससे उलट। हमारा देश उस तेज़ी से तरक्की नहीं कर पाया जिस तेज़ी से चीन या कुछ और देशों ने की। वो गाँधी की उस लैगेसी की वजह से ही। ये जो आये दिन नर्मदा बचाओ आन्दोलन, टिहरी गढ़वाल पर बाँध का विरोध, या फिर सिंगूर में टाटा की फ़ैक्ट्री को लेकर बवाल, यही सब है जिसने देश

की तरक़्क़ी को जकड़ा हुआ है।

अभिनेता-2 : तो तुम्हारे हिसाब से पूँजीपतियों को पूरी छूट होनी चाहिए कि वे आदिवासियों, किसानों का सब कुछ छीन कर अपनी तिजोरी भरते रहें।

अभिनेता-1 : देश की सारी आबादी खेती और जीवन यापन के अविकसित तौर तरीक़ों से ही चिपकी रहेगी, तो देश तरक़्क़ी नहीं कर सकता।

अभिनेता-6 : बिल्कुल ठीक, आज अगर देश में इंडस्ट्रियल ग्रोथ बढ़ गयी है तो उससे लोगों के लिए काम भी तो पैदा हो रहा है, लेकिन हाँ इस ग्रोथ का लाभ ठीक नीचे तक पहुँचने में वक़्त तो लगेगा।

अभिनेता-5 : आज ही मैं अख़बार में देख रहा था, अगले पाँच सालों में हमारे यहाँ सुपर रिच लोगों की संख्या में तीन गुना वृद्धि होगी।

अभिनेता-4 : सुपर रिच मलतब?

अभिनेता-5 : वे लोग, जिनकी नेट वर्थ कम से कम पच्चीस करोड़ रुपया हो। ऐसे लोग दो हजार दस-ग्यारह में बासठ हज़ार थे। जो अगले पाँच वर्षों में दो लाख उन्नीस हज़ार हो जायेंगे।

डायरेक्टर : बहोत अच्छे, एक सौ पच्चीस करोड़ आबादी के मुल्क में बासठ हजार सुपर रिच! तुम अन्दाज़ा लगा सकते हो, इन बासठ हजार सुपर रिच लोगों ने सुपर पुअर कितनों को बनाया होगा?

अभिनेता-3 : अमीर और ग़रीब के बीच की यह खाई भयावह होती जा रही है। किसान और आदिवासी अपना धैर्य खो रहे हैं, ये नक्सल आन्दोलन जो इतना फैल गया है, इसीलिए।

अभिनेता-1 : गुड, उनका धैर्य चुकना ही चाहिए। तभी सोशलिस्ट

रेवोल्यूशन पॉसिबल होगा। अगर गाँधी-टैगोर जैसे लोग न हुए होते तो अब तक रेवोल्यूशन हो भी चुका होता।

राजा : वो तो भला हो नेहरू का, जिन्होंने गाँधी का ग्राम स्वराज उठाकर ताक पर रख दिया और देश में कल-कारखानों की नींव डाली और उन्हें मन्दिर कहा।

(लोग हँसते हैं)

डायरेक्टर : टैगोर और गाँधी की यह लैगेसी ही है जिससे इस देश की पहचान आज भी बची है। पार्टीशन के बावजूद जो गंगा-जमनी तहज़ीब अभी कायम है, वह उन्हीं की बदौलत।

अभिनेता-1 : सिर्फ़ हवा में झूलने से मुक्ति नहीं मिल जाती। उसके लिए ज़मीनी संघर्ष की जरूरत होती है।

डायरेक्टर : मैं हवाई बातें नहीं कर रहा। ज़मीनी हक़ीक़त ही बयान कर रहा हूँ।

अभिनेता राजा : अच्छा, अब तुनको मत, ये बताओ तुम पाकिस्तान के बारे में क्या कह रहे थे?

डायरेक्टर : तुम जानते हो, हिन्दुस्तान और पाकिस्तान के बीच पानी भी एक मुद्दा है? पाकिस्तान अपनी पानी की ज़रूरत के लिए कश्मीर से होकर बहने वाली नदियों पर निर्भर है।

राजा : हाँ, इन्डस, सिन्धु तो?

डायरेक्टर : सिन्धु, झेलम और चिनाब। ये तीन नदियाँ हैं जिनका पानी हिन्दुस्तान से हुई ट्रीटी के तहत पाकिस्तान को मिलता है और झेलम पर हाल ही में हिन्दुस्तान ने बागलीहार बाँध खड़ा कर दिया है। इस बाँध ने पाकिस्तान के सामने पानी का संकट पैदा कर दिया है, उसकी खेती प्रभावित हो रही है। इसके अलावा

इस बाँध को लेकर वह अपनी सुरक्षा के लिए भी ख़तरा महसूस कर रहा है।

अभिनेता-6 : तुम क्या साले देशद्रोही हो? अगर हमें अपने बन्दरगाहों के लिए या खेती और बिजली के लिए पानी चाहिए और हम उसके लिए अपनी नदियों पर बैराज या बाँध खड़ा करते हैं तो उसमें ग़लत क्या है।

अभिनेता-5 : ग़लत तो है ही। हमारा पड़ोसी हमारे लिए अपने घर में हथियारों का ज़खीरा इकट्ठा करे, हमारे देश में दंगे-फ़साद कराये, आतंकी तांडव करे, लेकिन हमें उसे दण्डवत नमस्कार करना चाहिए और अपने घरवालों के मुँह का कौर छीन कर उसे सादर परोस देना चाहिए। एक अच्छे पड़ोसी का धर्म तो यही कहता है।

अभिनेता-3 : बिल्कुल ठीक, हालाँकि तुम ये बात व्यंग्य में कह रहे हो। लेकिन किसी का हक़ छीनना ग़लत है। अपनी ज़रूरतों के आगे दूसरों की ज़रूरतों को गौण समझना ही समाज और दुनिया में विषमताएँ पैदा करता है।

अभिनेता-2 : वन मिनट! पाकिस्तान में पानी का संकट उसके खराब मैनेजमेंट की वजह से है, न कि बांगलीहार बाँध की वजह से। तुम्हें मालूम है पाकिस्तान का कितना पानी समुद्र में चला जाता है?

अभिनेता-3 : बात उसूल की है।

अभिनेता-6 : ओह उसूल, वो गाँधी ही थे न, जिन्होंने पाकिस्तान को उस समय करोड़ों रुपये दिलवा दिये थे जब उसने कश्मीर में अपनी सेना घुसा रखी थी।

अभिनेता-2 : नेहरू सरकार गाँधी को समझाती रह गयी कि पाकिस्तान इन पैसों का इस्तेमाल हमारे ख़िलाफ़ हथियार ख़रीदने के लिए करेगा। लेकिन वे नहीं माने। अनशन पर बैठ गये।

अभिनेता-3 : बिल्कुल वे गाँधी ही थे, वो पैसा पाकिस्तान के हिस्से

का था और जिसका जो हिस्सा है वो उसे मिलना ही चाहिए।

डायरेक्टर : एक्ज़ैक्टली! इसे यूँ देखो। अब चीन ब्रह्मपुत्र पर तिब्बत में बाँध बाँध रहा है। इससे आसाम से लेकर बिहार तक जो जल संकट हमारे लिए पैदा होगा, उसे लेकर हम भी तो चिन्ता कर रहे हैं न? प्राकृतिक संसाधन, आई मीन नैचुरल रिसोर्सेस किसी मुल्क, जाति या व्यक्ति की मिल्कियत नहीं होते। पूरी मानव जाति का उन पर बराबर का हक़ होता है। और मानव जाति ही क्यों, पशु-पक्षी, कीट-पतंगे सभी का।

अभिनेता-1 : कोरे आदर्शवाद से काम नहीं चल सकता। मनुष्य अपनी ज़रूरतों के लिए प्राकृतिक संसाधनों पर ही निर्भर है। प्रकृति को वश में करके ही उसने ये प्रगति की है।

राजा : सही है, प्रकृति से छेड़छाड़ न करो, बाँध न बाँधो, जंगल मत काटो, खनन मत करो। ये सारी सीखें नियोकोलोनियल एजेंडा है। नव साम्राज्यवादी साज़िश। डेवलप्ड कंट्रीज़ चाहते हैं कि पूरा एशिया और अफ्रीका उनके लिए कच्चे माल की मण्डी बना रहे और उनकी इंडस्ट्री के उत्पाद का बाज़ार।

अभिनेता-3 : ये तुम शायद ठीक कह रहे हो, लेकिन पर्यावरण एक गम्भीर मुद्दा है। प्राकृतिक संसाधन सीमित हैं और उनका अन्धाधुन्ध दोहन ऑलरेडी गम्भीर समस्याएँ पैदा कर रहा है। गाँधी पहले व्यक्ति थे जिन्होंने पर्यावरण की चिन्ता की। उन्होंने तब कहा था, प्रकृति के पास मनुष्य की आवश्यकताओं के लिए भरपूर है, लेकिन उसके लालच के लिए नहीं। ये बाज़ारवाद जिस तरह का कन्ज़्यूमरिस्ट कल्चर पैदा कर रहा है और आदमी की अनापशनाप ज़रूरतें बढ़ा रहा है, उसके चलते तो ये धरती पूरी तरह बंजर हो जायेगी।

डायरेक्टर : अगला विश्वयुद्ध पानी के लिए होगा, ये भविष्यवाणियाँ तो होने ही लगी हैं। अब भी समय है हम प्रकृति से ये छेड़छाड़ बन्द करें और इस बात को समझें कि प्रकृति स्वयं में पूर्ण है। इसे बाहर से मदद नहीं चाहिए। वो स्वयं ही अपने को पुनर्नवा रिजुविनेट करती रहती है। पतझड़ के बाद वृक्षों में नयी कोपलें फूटती हैं, नये पात उगते हैं।

अभिनेता-6 : पानी के लिए विश्वयुद्ध होगा, दुनिया के विनाश की ऐसी भविष्यवाणियाँ हम रोज़ टी.वी. पर देखते हैं। दुनिया ख़त्म हो जायेगी, प्रलय आयेगा, ग्लेशियर पिघल रहे हैं, धरती बाँझ हो जायेगी। पहली बात तो ये सब बकवास है; और अगर कहीं ऐसा हुआ तो सितारों से आगे जहाँ और भी हैं। जरूरी है धरती पर ही रहा जाये? हम मंगल पर—मंगल करेंगे।

(सब हँसते हैं।)

अभिनेता-3 : बहोत खूब! एक प्लैनेट का सत्यानाश करके जैसे दूसरे प्लैनेट पे सुख से रह लोगे! यार इस धरती में क्या बुराई है? सब कुछ तो है इसके पास। असल बात मेंटेलिटी की है। ज़रूरत मेंटेलिटी बदलने की है। प्रकृति से अपना रिश्ता सुधारने की है।

अभिनेता-2 : ठीक कह रहे हो। ये धरती वसुन्धरा है। हमें प्रकृति की गोद में जो शान्ति मिलती है वो कहीं और नहीं।

अभिनेता-1 : (उठते हुए) तो जाओ न यार, लंगोट लगा के हिमालय वास करो। यहाँ हमें क्यों चाट रहे हो।

(चल देता है)

अभिनेता-3 : (हँसकर) जानते हो पशु अपने ज़ख़्म चाट कर ही ठीक करते हैं।

(अभिनेता एक ग़ुस्से में निकल जाता है, बाकी अभिनेता असमंजस की स्थिति में मंच पर रह

जाते हैं। अन्त में वे बेबसी में मुड़कर डायरेक्टर को देखते हैं।)

डायरेक्टर : (दर्शकों से) माफ़ कीजिए...नाटक तो सम्भव नहीं हुआ। बहुत मुश्किल हो गया है। बहरहाल जो हुआ उसे आप क्या कहेंगे मुझे नहीं मालूम। नमस्कार!

□□